Frankie's Magic Football

球衣8号

兰帕德少年足球小说系列

第二辑

GULAO CHANGCHENG DE YINGYONG SHOUHU

古老长城的英勇守护

[英] 弗兰克·兰帕德　著
乐乐张　译

GUANGXI NORMAL UNIVERSITY PRESS
广西师范大学出版社
·桂林·

出版统筹：施东毅
品牌总监：耿　磊
责任编辑：李茂军
助理编辑：陈显英　王芝楠
美术编辑：刘冬敏
版权联络：郭晓晨
营销编辑：杜文心
责任技编：李春林

著作权合同登记号桂图登字：20-2015-257 号

图书在版编目（CIP）数据

古老长城的英勇守护 /（英）弗兰克・兰帕德著；乐乐张译. —桂林：广西师范大学出版社，2018.5
（球衣 8 号兰帕德少年足球小说系列. 第二辑）
书名原文：Frankie and the Dragon Curse
ISBN 978-7-5598-0735-9

Ⅰ. ①古… Ⅱ. ①弗…②乐… Ⅲ. ①儿童小说－中篇小说－英国－现代 Ⅳ. ①I561.84

中国版本图书馆 CIP 数据核字（2018）第 051851 号

广西师范大学出版社出版发行
（广西桂林市五里店路 9 号　邮政编码：541004
网址：http://www.bbtpress.com）
出版人：张艺兵
全国新华书店经销
广西广大印务有限责任公司印刷
（桂林市临桂区秧塘工业园西城大道北侧广西师范大学出版社集团有限公司创意产业园内　邮政编码：541100）
开本：880 mm × 1 240 mm　1/32
印张：3　　字数：32 千字
2018 年 5 月第 1 版　　2018 年 5 月第 1 次印刷
印数：0 001~6 000 册　　定价：22.00 元

谨以此书献给我最亲爱的母亲帕特夫人。感谢她当年在我只顾踢足球的时候，提醒我写作业，感谢她陪我走过人生的点点滴滴。

——弗兰克·兰帕德

序　言

很高兴我的足球小说在中国出版。这是一种奇妙的缘分，因为这套小说中，有一本我专门写到了中国！我曾经到过中国，见到了无数可爱的球迷，切身体会过他们对我的支持，我希望很快能够再次拜访中国。

我从小就喜欢踢球，这和我的家庭有很大关系，我爸爸是名足球运动员，我童年最快乐的时光就是和他在后院踢球，他教了我不少踢球的秘诀。当然了，想要成为一名职业足球运动员，光是热爱足球还远远不够，还得接受各种严格的训练。但正是因为热爱，即使再严苛的训练，我也乐在其中。

在球场上，我曾经攻破过许多球队的大门。很多人曾问我进球的秘诀是什么？我的回答就是：不断地练习。就是这么简单。想要踢进一个球，靠的可不只是

运气，还需要良好的体能、娴熟的技术，还有最重要的——灵活的大脑。而想要达到这些标准，你需要不断地练习，练习，再练习，直到迎来进球的那一刻。我自认不是天才型的球员，所以，我从来不会放弃最基础的足球训练，这就是我进球的秘诀。

中国是一个伟大的国度，我知道在那里有很多喜爱足球运动的孩子，也像我小时候一样，每天踢足球，看球赛，买足球杂志，甚至会搂着足球睡觉。我也知道，不少家长反对孩子过多地踢球（因为他们觉得会影响功课），但是我相信足球能够带给孩子课堂上学不到的东西，那就是面对困难的勇气、团队合作的精神以及进球那一刻的喜悦。

我现在是两个女儿的父亲，每天夜里，我会在她们入睡前陪她们一起阅读，希望她们能够从故事中获得勇气和信心。就像我在书中创造的弗兰克足球队一样，他们遇到各种各样奇怪的足球队，有骑士、海盗、木乃伊等历史或神话人物，也能看到很多奇怪的动植物，但正是足够的勇气和信心，让他们一次次战胜强大的对手，并且让友谊更加坚定！

另外，每本书中都加入了关于足球的知识，包括足球的历史、规则、技术等等，可以让你更加深入地了解足球这项运动。鉴于每个人喜好不同，有人喜欢在前场冲锋陷阵，有人喜欢在后场运筹帷幄，所以，从这些足球知识中，每个人都可以学到自己感兴趣的东西。而从你翻开这本书的第一刻起，你就是弗兰克足球队的一员了，兰帕德叔叔将成为你最给力的教练！

开球吧！少年！

弗兰克·兰帕德

目录
CONTENTS

★ ★ ★ ★ ★

欢迎来到“魔法足球大联盟”的奇妙世界！这里有全世界顶级的足球联赛！你还在等什么？

想要加入“魔法足球大联盟”？首先，你要组建一支属于自己的球队。注意，这种级别的赛事可不是在公园里踢着玩的那种，你的对手是来自世界各地的强队，比赛场地也是世界闻名的“大球场”。

现在，哨声即将响起，大伙儿系紧鞋带，众志成城，拿出你们的最高水平！祝你们好运！

——主裁判

第一章

中国功夫课

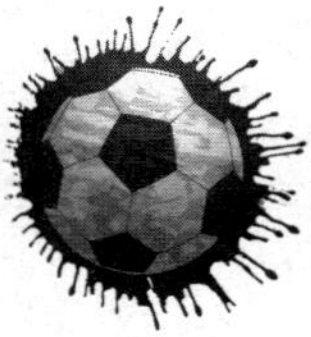

雨下得很大，弗兰克、露易丝和查理正沿着人行道奔跑。弗兰克的宠物狗小麦，也跟在主人身后。

“快到了！”露易丝说着，跑进一条门廊，旁边是一家中国超市，弗兰克和查理也跟着跑了进去。

“欢迎来到中国文化中心。”露易丝说。

走进大厅，布告栏中贴满了海报和广告，一切都

和中文课程、中国餐厅及旅行社等相关。露易丝的奶奶是中国人，所以她经常来这里参观。小麦甩干身上的雨水，一脸好奇地看着弗兰克。

“我们来得太早。”露易丝环顾四周，“我师傅可能还没到。”

“师傅是什么？”查理问。

“这是对功夫老师的称呼。”露易丝回答。她脱下大衣挂在一个钩子上。弗兰克也跟着把衣服挂上去，露易丝指着小麦说：“小麦最好在外面等我们，我不确定它是否可以上功夫课。”

小麦一脸难堪地歪着头，仿佛受到了侮辱，惹得弗兰克笑了起来。露易丝已经学了两年武术，也修了很多学分，弗兰克也很想尝试一下新鲜事物。只见露易丝脱掉外套，里面穿了一件黑色的练功服，白色的袖口和纽扣格外显眼。

查理也摘掉手套，看到这一幕，弗兰克的眼睛瞪得像铜铃一般，露易丝也有点儿不可思议地呼了口气。

“你做什么？”

查理耸了耸肩，说：“我觉得上武术课的时候不应该戴手套。”

“别摘，你可是一直没有摘过的。”

“是啊，”弗兰克说，“你总是强调‘最好的守门员，要时刻准备着’。”

查理叹了口气：“我现在不需要守门了吧？”

弗兰克和露易丝对视了一眼，他们很清楚查理为什么心情不好。这周早些时候，查理在对阵巴赛特路足球队的时候被对方打入4球，其中有一球特别尴尬，他踩到自己的脚摔倒了。

“那场比赛我们的表现都不好，”露易丝安慰查理说，“也许功夫能够帮你走出困境，重新找回自己，武术并不只是砍呀踢呀。”

查理勉强微微一笑：“简直不能再糟糕了。”

弗兰克从来没有见过查理这样闷闷不乐。

“来吧，我带你们去训练室。”露易丝打开了一扇

门。大家走进一个大房间，地板上铺着垫子，对面的墙上挂着一面巨大的镜子，另一面墙上则挂着很多照片，有做着高踢腿和其他奇怪动作的学员，还有很多弗兰克看不懂的汉字。

但令人印象最深刻的，莫过于房间里那条巨龙装饰。它似乎是由硬纸板和纸做成的，上面有很多花边、龙角以及多样的配色。它皱着眉头，金色的双眼闪闪发光。

“哇！”

“我们一般在节日里才用到它，四五个人一起才能把它抬起来，这叫作舞龙。”露易丝说。

“看起来好可怕！”查理说。

“一点儿都不可怕。”他们身后传来一个声音。一个穿着和露易丝相似衣服的小个子老爷爷走进房间，随身带着一把折叠伞，手臂下夹着一份报纸。

“谭师傅！”露易丝叫了起来，接着她双拳紧扣，给谭师傅鞠了一躬。

老爷爷把报纸和雨伞放在桌上，回以鞠躬和微笑：“你好，露易丝。他们是你的朋友查理和弗兰克吧，不过哪位是查理？哪位是弗兰克？我听说查理总是戴着一副手套，晚上睡觉都要戴着。”

查理的脸刷地红了，不知道该如何回应。这时弗兰克主动开口了：“他是查理，我是弗兰克。”

小麦汪汪叫了两声。“那是小麦。”弗兰克补充说。

谭师傅向他们三个鞠完躬后，又拿起报纸，说：“我听说你们两个和露易丝一样疯狂迷恋足球，你们可能会对这个感兴趣。”

说着，他展开报纸，弗兰克看到报纸正面都是汉字，头条位置是一个和他差不多大的男孩儿，身旁的垫子上放着一个足球。

“这是谁？”弗兰克问，“是某个来自中国的足球少年吗？”

露易丝对弗兰克说：“头条写着《现已证实，足球起源于中国！》。”

“我一直以为足球是英格兰发明的。”弗兰克说。

露易丝继续读：“显然，这个男孩儿在他们家后院发现了一个中国古代的瓷质足球。科学家认为这个足球有两千年的历史了！”

“瓷质足球是什么意思？”查理问，“很容易踢碎的啊！”

“可能是用来做装饰的吧。”露易丝笑着解释道，“这个足球的球皮一共有十二面，上面画着不同的动物。之前被一个博物馆收回了，现在正在展出呢。”

弗兰克盯着照片，说：“好想亲眼看看它！”

“我打赌，它肯定不如你的足球好踢。”查理指了指弗兰克的魔法足球说。弗兰克现在走到哪里都要带着他的魔法足球，以防他的哥哥凯文偷偷拿走去惹事。

谭师傅伸了个懒腰，说：“看来没有其他人了，咱们先做做热身吧。不然我们做几组足球训练，弗兰克？”

弗兰克感到一阵恐慌，如果足球又引发什么魔法

事件怎么办？“额……我不确定……”

“来吧，”谭师傅说，“今天之前，我一直都觉得功夫和足球搭不上边，但是现在我看了这篇文章，的确很有意思。在年轻的时候，我其实堪比一名优秀的足球运动员。”

弗兰克不情愿地把足球交给了谭师傅。

“好了！让我们绕着屋子先跑圈吧！”谭师傅说。

大家忙着跑步的时候，小麦在门口等着。谭师傅站在房间中央，传球给每一个人，接球者再把球传回来，接着交换传接球位置和传球方向。没过多久，弗兰克就汗流浃背了。

不知从哪儿传来一阵电话铃声。“抱歉，你们可以练一练手抛球，一个人抛给另一个人，锻炼你们的臂力。”说完他离开了房间。

“他一个老人竟然这么厉害。”查理一边弯腰，一边大口喘气。

“人家可是从 3 岁就开始练功夫了，来，接球！”

露易丝说。

她把球扔给查理，但是查理跳得太近，足球直接朝着纸制的巨龙飞去。

“哦！不！”弗兰克看到的时候已经来不及了，他看着镜子中一脸惊慌的自己。

足球正好掉进了巨龙的嘴里。同时，镜子表面开始发生弯曲，他在镜子中的样子也变得越来越模糊，看起来好像被融化掉了似的。

“要发生大事了！”露易丝说。

弗兰克打了个寒战，说：“魔法足球要发力了。”他们周围的一切都开始变得扭曲，那条巨龙竟然对着他们笑了起来。一阵电光石火之后，一切都消失了。

第二章

着火的博物馆

微风轻拂着弗兰克的脸颊，他揉了揉眼，眼前的一切逐渐清晰起来。他站在一扇巨大的拱门前，拱门漆成红色、橙色和绿色。露易丝和查理站在他旁边，小麦则趴在他的脚边喘着气。

“又穿越了，是吗？这次又是在哪里？”查理无奈地说。

露易丝环顾了一下四周，说："这里是北京！我从我爸爸的相册里见过这个场景，我们现在在中国。"

"我爱中国菜！"小麦说。

弗兰克被吓了一跳，每次小麦开口说话时，都会吓他一跳。不过他明白，这也是足球魔法的一部分。

"但是中国菜并不爱你，"弗兰克说，"你忘了当时你把厨房的剩菜全吃完了，我们还带着你去看了兽医？"

"看兽医也值了，烤鸭，啊呜！"

他们慢步穿过拱门，凝视着面前这座美丽的建筑，宽敞的庭院和宽阔的台阶，通向深处金红色的佛塔。周围有护栏围绕着的佛龛，湖面明净，没有一丝水纹，他们能够清晰地看到自己的倒影。某个瞬间，弗兰克意识到魔法足球并没有改变他们的服装，他依然穿着之前的红色运动衫和短裤。

"我想知道为什么魔法足球把我们带到了北京？"露易丝问。

“魔法足球呢？”查理说。

弗兰克耸了耸肩，正常情况下，他们应该带着魔法足球的，但是这次却找不到了。“谁知道呢，也许我们这次不需要……”他眯着眼睛，目光落在一张贴在桥边的海报上，上面画着一个彩色的瓷质足球。“也许这就是我们来这里的原因吧。”

露易丝看着海报念道：“博物馆！”

“我们去看看吧。”

找到博物馆并不是什么难事，沿着狭长的台阶向上走，有一栋三层楼的博物馆，很多游客排着长队进去参观。他们刚刚走上楼梯，弗兰克就听到头顶有玻璃破碎的声音。大家都惊叫着抬头望去，绿色的浓烟从博物馆二层的几个窗口冒了出来，几乎同一时刻，刺耳的警报声响起。

“喔！喔！”查理说，“我有种预感，肯定不是什么好事儿。”

保安吹着哨子，挥舞着手臂，围住了博物馆的

前门。

他们开始疏导惊慌的游客，人们一边往外撤一边用手机拍照。

“我们应该进去看看。”弗兰克说。

“或许我们不该多管闲事。”查理说。

“弗兰克说得对，魔法足球把我们带到这里，肯定是有原因的，但是我们怎么过保安这一关？”露易丝问。

“交给我吧！”小麦说。它冲了出去，在人们的双脚间穿梭，张开嘴一口咬住了维持治安的安全带。有这么多人挡着，弗兰克硬是没找到小麦的踪影，但是他看到保安盯着地上，互相大喊着什么。显然，他们被小麦给吸引开了，弗兰克和他的朋友们的机会来了。

“我们走！”弗兰克说。大家开始奔跑，迅速穿过大门进入博物馆内。警报声越来越大，在他的耳边回响。露易丝拿起一张宣传单，迅速浏览后说：“上面说足球在楼上！”

小麦在大理石地板上打着滑，回到大家身边。

弗兰克高兴地说："干得漂亮，小麦！"

他们本来打算跑上对面的楼梯，但是电梯门突然打开了。弗兰克指了指大厅中央的一些软垫座椅，大家迅速蹲在座椅背后，他从座椅的边缘向外望去，一个穿着西装的年轻女人从电梯里走了出来，身边有一位保安陪同。她语速极快，正在说些什么。

"把所有门都给我锁上，除非我按下开关，否则不准任何人进出！"

她大步向前，走入一间挂着"私人办公室"牌子的房间，消失了。弗兰克站起身子，朝着楼梯的方向走去。

博物馆的第一层显得空荡荡的。突然，警报声消失了，大厅里只剩下他们的脚步声。他们跑过几间展厅，里面有华丽的花瓶、刺绣的壁饰、古代的兵器和盔甲。露易丝带着他们跑到楼道尽头的一间房前，又看了一遍宣传单，说："应该就是这儿了。"

弗兰克第一个穿过房门，小心翼翼地走了进去。房间里充斥着某种绿色的浓烟，小麦掠过他的脚踝冲了进去。

“等一等！”弗兰克小声说，“我们还没弄清楚里面的情况。”

突然，一个巨大的黑影穿过烟雾，停在了一个玻璃容器旁边。容器里面有一个基座，上面放着一个球形的物体，是瓷质足球！

哐的一声，那个黑影挥舞着戴着手套的拳头，把玻璃容器砸了个粉碎，然后把手伸进去抓住了球形的物体。弗兰克说：“嘿！住手！”

随着烟雾散去，黑影突然转过身，弗兰克浑身打了个冷战。他身上穿着由数百块生锈的青铜组成的铠甲，头顶戴着相同材质的头盔。从头盔的缝隙望去，弗兰克能看到一双黑色的、充满仇恨的眼睛。

“你在干什么？”弗兰克怒叱。

黑影一把抓住了足球，卡在手臂下，低声说：“你阻止不了胡扎的。”说完便要从破碎的窗口跳出去。弗兰克踩着嘎吱作响的玻璃碴追了上去，大喊：“哪

里逃！”

黑影跑到窗户边，跳上窗台。弗兰克愣住了：“别跳！太高了！”

他一脸茫然地盯着弗兰克，向后腾空跳了下去。

弗兰克跳起来试图抓住他，但是已经来不及了。

露易丝和查理赶了过来，弗兰克正伸出头去向外望。

他不敢相信眼前看到的一切，那个黑影并没有掉落到地面上，而是落在了窗台下方的什么东西上。那是一只具有宽阔鳞背的生物，一双黑色的翅膀伸展开来。它长着黑色的鼻子，长长的尾巴在身后左右摇摆。

这是一种他在故事里见过，但现实中却不可能遇到的生物。

“你们在看什么？”小麦着急地扒着弗兰克的腿，“他摔死了吗？”

弗兰克说：“没有，他骑着一条龙逃跑了。”

第三章

邪恶战士胡扎

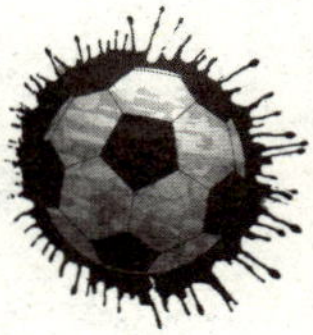

“哈哈，欺负我是小狗吗？我可不傻。”

弗兰克把小麦抱起来，放在窗台上，小麦正好看到那条龙一个急转弯向北京城飞去。

小麦这次不说话了。

很快，那条龙越飞越远，最后变成了一个遥远的小点，直冲云霄。

“哇，这条龙看起来很像博物馆里那些雕刻在花瓶上的龙。”查理说。

这时，小麦的耳朵竖了起来：“有人来了！”

弗兰克扭过头，看到几个人从走廊里走了进来，是3名保安和之前看到的那个女人。

“不要动！”她说，“你们惹上大麻烦了。”

弗兰克环顾了一下烟雾缭绕的房间和破碎的玻璃，他不知道该怎么解释发生的这一切。

10分钟后，他们来到博物馆顶层的咖啡馆，找到空座位坐下。桌子上堆满了吃剩下的食品和饮料。那个穿着西装的女人站在门口，看起来很恼火。一个粗犷的中年男子，应该是保安队长，坐在他们几个对面。“你们想让我相信你们所说的？一个穿着盔甲的人带着博物馆的宝贝，坐着一条龙离开了？”

弗兰克和他的朋友们点了点头。值得庆幸的是，小麦全程都保持安静，一条会说话的狗此时也派不上什么用场。

弗兰克讲起刚才发生的一切，但似乎没人相信。

保安队长摇了摇头，说：“没办法，现在只能打电话给你们的父母。他们肯定着急死了。他们也在博物馆吗？”

“呃……并不在。”弗兰克回答。

“那是在酒店吗？”

“他们没有和我们一起来，我们这是……学校组织的夏令营。”露易丝说。

那个男人交叉着双臂，说：“好吧，那你们的老师在哪里？”

露易丝沉默了，但查理脱口而出：“谭师傅。”

保安队长赶紧将这个名字记在随身携带的记事本上。他抬起头，说：“有谭先生的电话吗？”

“求你啦，”弗兰克说，“你没必要给谁打电话，放我们走就行啦。”

“除非你们告诉我们真相，谁是你们的同伙？一定是他把球偷走了，他是怎么逃掉的？”

“我们告诉过你了，”查理说，“他骑着龙跑了！”

保安耷拉着肩膀，说：“老实交代，不然我叫警察来对付你们。”

弗兰克忽然想起另一个细节：“那个男人说什么‘胡扎’，说我们阻止不了胡扎的。”

这个名字刚说出口，门口的女人突然快步走上来，说：“我想和这些孩子单独谈一下。”

“只要没有任何意外。”保安说，“有事儿就叫我，我立刻叫警察。”

他慢吞吞地走出房间，留下那个女人和弗兰克他们。那个女人锁上了门。

“奇怪。”弗兰克想。

“我叫林恩，是这家博物馆的馆长。”

“你好，”弗兰克说，“很遗憾你们的足球被盗了，但你必须相信我们。”

“事实上，”林馆长说，“一开始，我疯狂地为博物馆买来这个足球，但是到手之后，我就感觉不对劲了，甚至有点儿害怕。”

“害怕足球？”露易丝说。

林馆长笑着说：“你提到胡扎，这下就完全说得通了。”

“是吗？”查理问。

林馆长看了一眼门口，说：“我们不能聊太久，不然保安会起疑心的。胡扎是一名邪恶战士，他过去被流放到中国。据古书记载，他配有一把致命的武器，强大到可以摧毁中国的长城，让整个国家的人民俯首称臣！”

“你认为足球是一种武器？”弗兰克挑着眉问。

“也许吧，据古代传说所描述的，这名战士是不朽的。阻止他的唯一办法是把他的武器埋在遥远地方的土地下。他们把他囚禁在长城下面的一个房间里，一直囚禁着。但是如果足球被发现，他就会被唤醒。”

“所以如果他再次得到足球……”露易丝说。

“他会试图摧毁长城！”弗兰克帮她把话说完，“那

我们怎么才能阻止他？他可骑着一条龙。”

这时，一阵可怕的轰鸣声传来，突然，阳光被完全遮挡住了，整个房间都暗了下来。弗兰克看见一道红色的闪光，吓得他从椅子上跳了起来。大家都聚在窗边，楼下也有很多人聚集在一起指着天空尖叫。在他们的头顶上，又一条巨龙从天而降。它背上和翅膀上的鳞片呈红色，但是下侧呈金色。

“当然，”林馆长说，“根据中国的阴阳说，有阴必有阳。这条龙一定是一条友好的龙，我现在完全相信你们了！”

随着一声轻轻的嘶声，这条巨龙转头看向弗兰克和他的朋友们。弗兰克回想起刚才那个邪恶战士是如何跳上巨龙的背的。

“从这儿到长城有多远？”他问。

“大约50英里[①]。”露易丝说，“我想咱俩肯定想到

---

①英制长度单位，1英里=1609.344米。译者注。

一块儿去了，我们应该搭个便车。”说完她向巨龙点点头。

“我觉得你们都疯了。”查理说。

弗兰克耸耸肩，说：“这是我们追上敌人的唯一方式。”说着他打开了窗户。

“喂！你们要干什么？！”保安队长从门外的窗户看到了他们的动作，大声喊。

弗兰克爬上窗台，露易丝先把小麦递给他。小麦说：“你懂的，我有恐高症。”

林馆长瞪大眼睛：“这条狗竟然会……”

“是的，你刚才都听到了。”小麦说。露易丝和查理一起踩在窗台上，几个人在寒风中瑟瑟发抖，而巨龙在他们下方 10 米处。

“大家都准备好了吧？”弗兰克说着跳了下去。

第四章

飞龙和长城

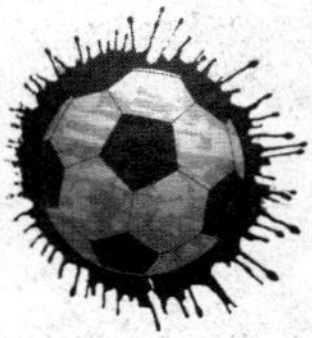

弗兰克落在粗糙的鳞片上，打了几个滚儿，好不容易站住了脚，一把抓住了身后的露易丝。

巨龙尖叫着，一双闪闪发光的翅膀用力拍打起来，飞离了博物馆。弗兰克回过头，看到林馆长正在和他们挥手告别。要不是此时疲于奔命，他一定也会和她挥手告别的。巨龙一飞冲天，地上的人们就像蚂蚁一

样。很快，他们便冲进了一片云彩中，里面寒风凛冽。弗兰克实在受不了了，膝盖冻得发紫；小麦浑身发抖，大耳朵贴在脑袋上；查理的牙齿则咯咯作响。

“希望它知道我们要去哪里！”露易丝拍着龙鳞喊。

他们冲破了刚才那片云彩，又能够看到地上的城市了。很快，他们看到了起伏的田野。巨大的翅膀上下拍打，带着他们迎风而行。

弗兰克突然看见前方出现一个斑点，他眯起眼睛仔细观察。

“是另一条龙！我们快追上它了！”

几分钟后，他们就要追上那条黑龙了。它扭过头向后面冷冷地看了一眼，骑在它背上的邪恶战士胡扎却一直目视前方，双手在身前紧紧抱着足球。

“为什么要这样做？”弗兰克迎着大风大喊道。

胡扎笑了起来，用低沉的声音说：“胡扎会复仇的！”话音刚落，黑龙突然猛烈地甩起尾巴来，一把抓住了红龙的翅膀。一声尖叫后，红龙猛地躲开了，差点儿把弗兰克和他的小伙伴们甩了出去。黑龙一头扎向地上的一个峡谷。绿色的群山尽收眼底，红龙调整了一下位置，开始沿着山脊向下俯冲。

“他们去哪里了？”弗兰克环顾四周，敌人早就不见了踪影。

弗兰克向上拉着鳞片，红龙开始向上调整飞行角度。

他竟然看到了——长城！

“哇！”查理和露易丝欢呼起来。但是小麦却很沉默。

高大的石制建筑连绵不绝，每隔几百米就有一座烽火台[①]，随着红龙的起起伏伏，真是美不胜收。弗兰克甚至无法想象，这么庞大的工程是如何完成的。

---

① 到过长城的人一定会记得，在长城内外的群山之间，比较高的山顶上建有许多小城堡，这就是烽火台。有的是独立建在高山上，有的和长城的城墙连接，每隔一段距离就设一个。它们主要是为了传递军事情报而设立的，是防御敌人的报信台。译者注。

“看那儿！”露易丝指着远处说。

弗兰克的目光顺着她的手所指的方向看去，看到胡扎一个人站在城墙旁边一块裸露的地面上，黑龙消失不见了。

“带我们下去！”弗兰克大喊，希望红龙能听懂他的话。

红龙收起翅膀，在胡扎的头顶上盘旋了许久，仿佛非常害怕接近他。

“我觉得它是害怕那个足球。”露易丝说。

胡扎突然转过头，一声怒吼，一脚把球踢向了空中，球朝着红龙飞来！

当足球砸到红龙的肚子时，红龙瞬间消失了！弗兰克觉得自己摔在了地上。

他揉着屁股站了起来，还好其他伙伴都在他身边，“大家都还好吗？”

他的朋友们点了点头，小麦一边把身上的灰尘甩掉，一边嘟囔道：“我还好。”

弗兰克转向胡扎，要想转移他的注意力，只有一个办法。“敢不敢和我们比赛？胜利者把足球拿走。”

“比赛？”胡扎的眼睛突然一闪，笑着问。

他能感觉到头盔下的那个胡扎在呼吸，说：“没错。”

胡扎张开双手，死死地按着足球的两块球皮，球皮开始发出一道幽暗的绿光。

“他在干什么？”查理问，“我不喜欢……”

地面隆隆作响，干燥的地面上出现两条巨大的裂缝。弗兰克摇摇晃晃，好不容易才站稳。

随着裂缝的扩大，从地下浮现出两个黑影，一边一个。它们看起来像是由橙色的石板制成的，身上满是裂缝。当它们从地底下爬出来的时候，弗兰克才看清楚，一只是老虎，一只是老鼠。两个石头做的怪物和他爸爸的小轿车一样大。

“它们是来帮助胡扎的怪物，”露易丝说，“由黏土制成！”

“林馆长没有提到这个啊！”小麦慌张地说。

胡扎向空中一跃，跳上老虎的脊背，说："享受这场比赛吧！还有一堵墙等着我毁灭呢。"老虎跳到一旁，爪子深深地陷入地下，正对着长城的城墙。

大老鼠这下变了脸，对着弗兰克和他的朋友们。

"我讨厌老鼠，它们太小了。"小麦嘟囔道。

大老鼠龇牙咧嘴地向他们跑了过来，地面在随着它的脚步摇晃。它跑起来比一匹飞驰的野马还快。

当它杀奔过来的时候，弗兰克和露易丝跳向了一边，查理和小麦躲到了另一边。大老鼠尖叫着扑了个空，一头撞在一棵树上。弗兰克注意到，在它的侧面有一条裂缝。

"我找到击败它的办法了！赶紧，向城墙方向跑！"他大声喊道，接着开始奔跑。在他身后，大老鼠正穷追不舍，他跑得更快了。小麦在他前面喊："快点，弗兰克！"没必要提醒他，因为他现在都能看到大老鼠的影子伏在自己身上了。"就要看到墙角了，如果行不通，我会被压死的！"弗兰克心想。

他闻到了大老鼠散发出来的气味儿，肮脏的恶臭向他袭来。城墙就在10米外，他用尽全力加速冲刺，快到墙根时向上一跃，脚底踏着墙面腾空而起，大概上行了6步之后，一个后空翻。大老鼠来不及停下，只听砰的一声，大老鼠直冲而上，撞到了石头上，摔成了碎片。小麦跑上前去用鼻子闻来闻去。

弗兰克轻盈地落地。

“没时间休息了。”露易丝说，“胡扎准备摧毁长城了！”

她刚说完，低沉的隆隆声响起，大地都在颤抖。

“是地震吗？”查理问。

露易丝脸色苍白地说：“我猜是胡扎正在摧毁长城！”

弗兰克抬起头，看着宏伟的长城，想到它已经矗立在这里两千多年了，如果不能及时阻止胡扎，这座伟大的人类历史古迹就将毁于一旦！

第五章

幸运数字

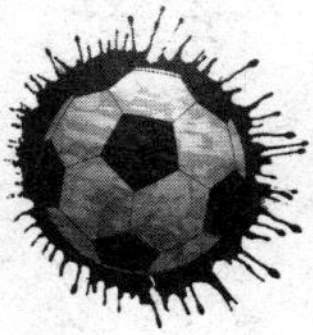

他们在城墙外发现了一排脚印，就沿着城墙一直向上而去。走近观察，城墙看起来并不是普通的墙面，而是像城堡一般厚实，大约 20 米宽。

砰！

整个建筑开始晃动，裂缝像蜘蛛网一样扩散开来，很快就到达弗兰克脚下，他紧张地说：“没时间了！快

看！他在那儿！”

胡扎背对着他们站在城墙上，朝着烽火台一脚劲射，石头和灰尘随着爆炸四溅，烽火台的一大块被炸掉了。足球滚回胡扎脚下，弗兰克脚下的裂缝越来越大了。

“真搞不懂，这个足球怎么有如此大的威力？”

“傻瓜，这是魔法足球，”小麦说，“跟你那个差不多。”

胡扎转过身来，向他们一通大笑，说：“古代的魔法，有着摧毁全中国的威力，何况一个小小的长城？”

他又一次抬起腿，准备再射一脚。

脏兮兮的小麦悄悄走近胡扎，猛地扑上去冲着他的膝盖就是一口。胡扎哎哟一声，迅速摆动右腿。小麦被甩出去很远，弗兰克侧身将它接住。

“别想阻止我！”胡扎大叫着，捡起足球。当他将手指再次按在球皮上的时候，又出现3只黏土怪兽，其中有一只巨猿，还有一条 40 英尺[1]长的巨蟒，以及一头笨重的公牛，它身体两侧随着呼吸起起伏伏。

“又是黏土怪物！”露易丝不由得向后退了几步。

“看起来比高年级的防线更难攻破啊！”查理说。

巨猿怒吼了几声，伸出它锋利的爪子。弗兰克尽力躲闪，但他的运动衫还是被锯齿状的指甲撕破了。

巨蟒蜿蜒着爬向他们，身体摩擦着地面，沙沙作响。

公牛巨大的鼻孔喷发着怒气。

弗兰克退到露易丝和查理身边，说：“我们需要拿回足球，只有这样我们才能阻止他们的阴谋。”

巨蟒悄悄向他们靠近，橙色的舌头在空气中嗞嗞作响。

“说起来容易，做起来难，”小麦喃喃道，“我们不可能闯过这帮怪物！”

---

① 英制长度单位，1英尺=30.48厘米。译者注。

胡扎再次将球踢中烽火台，砰！这次，整个外墙开始向弗兰克和他的朋友们倾倒下来。“有力的一脚！”弗兰克想。

裂缝开始在他们脚下蔓延，即使是黏土怪兽看起来也有点儿害怕了。公牛愤怒地直跺脚，这只能加速裂缝的蔓延。

突然，一条巨大的裂缝从外墙延伸到了巨蟒身下。巨蟒紧急舒展开柔软的身体，在裂缝之间保持住平衡。它痛苦地嘶叫着，两根毒牙露了出来。巨猿也不示弱，向他们狂奔而来，不巧踩在一条裂缝上摔了个跟头。普通的猿摔倒了不要紧，这只黏土做的猿哪里经得住这么一摔，立刻摔成了碎片。

“搞定一个。”小麦说。

巨蟒继续发出愤怒的咝咝声。噢，不对，原来它被困住了，无法动弹。

裂缝的另一端，公牛抬起前腿重重地跺着脚。不远处，胡扎正准备下一脚怒射，大伙儿必须通过公牛这一关才能阻止胡扎。

“也许我们也可以让它掉入裂缝中，”弗兰克想，“公牛喜欢红色。”于是他脱下自己的红色运动衫，里面穿着一件足球球衣。

砰！城墙再次颤抖起来，裂缝越来越大。

弗兰克把脱下的红色运动衫当作斗牛士的红色斗篷。

“你在干什么？”查理慌张地问，“它要进攻了！”

“我知道！”弗兰克说，“就是要它进攻！”

他来回挥舞着红色运动衫。公牛的蹄声震耳欲聋，准备越过那条裂缝冲到对面来。它奋力地腾空，前蹄越过了裂缝，但后蹄却没能越过。随着一声愤怒的吼叫，公牛的身体瞬间摔成了碎片，和巨猿的残片一同掉进了裂缝中。

“干得漂亮，”露易丝说，“这件球衣一定是你的幸运球衣！”

弗兰克低头看了看，身上穿着的是他最喜欢的 8 号球衣。

“你这是什么意思？”他问。

“8是中国的幸运数字。”露易丝回答道，“你不知道吗？”

弗兰克摇了摇头，说：“好运必须一直陪伴着我们才行。走，跟我来！”

他与巨蟒保持一段安全距离，然后迅速向侧面跑去，猛地跳到它的背上。他先是小心翼翼地保持住平衡，因为巨蟒的身体横架在裂缝的上空，他索性将它当成一座“软桥”。在他的脚下，巨蟒的身体就像一大块抖动的垫脚石。当他快要到达裂缝另一边的时候，它的尾巴突然滑了一点儿，差点儿就掉下去了。

“快！”弗兰克说，“趁现在还来得及！”

露易丝急忙跑了过去，查理跟在她身后。查理刚刚落地，巨蟒的尾巴完全滑了下去，整个身体扭动着掉进了深渊。

“我怎么办啊？”小麦叫道，它仍然困在另一边。

“你必须跳过来！”弗兰克大喊。

于是小麦飞速向前冲，但是刚到裂缝前便退了回去，它说："实在太远了！"

弗兰克瞥了一眼身后，胡扎已经准备下一脚怒射了，烽火台已经从顶部开始向下坍塌。没时间了，他转身对小麦说："你能做到的，男子汉！"

小麦全身抖了抖，全速冲刺，四肢伸展，用力把身体甩了出去，经过一个360度转体后，滑行到弗兰克跟前。

突然，一阵巨大的撞击声传来，弗兰克和他的朋友们都被震倒在地。大家抬头一看，原来是烽火台要倒了！石头沿着砖墙向下坠落，过不了多久，整个建筑就会倒塌。

"你现在打算怎么办？"查理盯着弗兰克，"看起来我们的好运都用完了！"

"好运？"弗兰克想。查理刚才还真给了他灵感，他转向朋友们，脱下他的8号球衣，说："我没打算怎样，这次轮到你了！"

第六章

时刻准备着

“呃？我？”查理丈二和尚摸不着头脑。

“没错，我需要你做出生命中最重要的一次扑救。”弗兰克指着胡扎说。

查理一脸茫然地说：“你的意思是……把那个球给扑住？”

弗兰克点了点头。

“我连手套都没戴！”

弗兰克把他的8号球衣递给查理，说：“穿上它，它会给你带来好运。”

查理左右为难。弗兰克很清楚，这一周对查理来说非常艰难，因为对手打进太多的入球。但是，除了查理，没有人能阻止胡扎的大力射门。

查理脱下自己的球衣，递给弗兰克，然后穿上弗兰克的8号球衣，说：“你确定要这样？”

“我们都信任你！”露易丝拍了拍查理说。

“去吧，查理。”小麦摇着尾巴说。

查理握紧拳头，匆匆走向那半截烽火台。当他经过胡扎身旁的时候，传来胡扎的嘲笑声：“这是什么意思？派你们的童子兵来阻挡强大的胡扎？”

查理站在烽火台前，展开双臂，说：“我在地区联赛的决赛中扑住过点球！我能抵挡住你的每一脚射门！”

胡扎笑着说：“小屁孩儿，准备好了吗？你的尸体会掩埋在烽火台的废墟之中，就像我过去经历的一样！”

“他早就准备好了！”弗兰克和露易丝一起呐喊着。

胡扎迅速踢出一记势大力沉的射门，足球转眼就离开了地面。查理飞身鱼跃扑救，双臂向侧后方倾斜，背砰的一声撞在烽火台的城墙上，震起一股灰尘。弗兰克只能隐约看到他的身影，他躺在地上，身体蜷作一团。

“查理？”弗兰克叫道，他盯着查理，眼神充满恐惧。

查理的身体微微地颤抖着，用膝盖艰难地支撑着站起来。他拍了拍身上的灰尘，怀中紧抱着足球，骄傲地说：“我做到了！”

胡扎愤怒地咆哮道：“还我的球！把它给我！”

足球在查理的食指指尖旋转着，平时训练时他经常这么干，然后他用力使球越过胡扎的头顶，抛给了

弗兰克。

“没门！”弗兰克干净利落地接住球说，“想要球，自己来拿。”

胡扎暴跳如雷地说：“等着吧，我会拿到球的！别忘了，我还有帮手。”

不知从哪里蹿出一只大老虎，跳上了城墙，威风凛凛地站在胡扎和弗兰克中间。它压低脑袋，发出低沉的吼声，伸出爪子攻击过来。

老虎的爪子从弗兰克的脑袋上掠过，大家迅速躲开，但他们身后就是刚才那条巨大的裂缝。他们被困住了：要么跳进这道鸿沟，要么面对黏土老虎。胡扎一跃而上，说：“想好了吗，要交出足球吗？”

弗兰克看着老虎锯齿状的下颚，突然想到了一个办法，但是距离有点远。

“好吧，”他说，“我们放弃了。”

“我很高兴你们还有点儿眼色。”胡扎说。

“不要！”露易丝尖叫道，“不能给他，他会摧毁

长城的！”

“我们别无选择。”弗兰克无奈地说，“球在这儿，给你，胡扎！”

他把球扔在面前，突然摆动他的右脚，等球一落地，刚刚弹起时踢了出去。他一度怀疑这么用力的一脚会不会将球踢碎，但是让他惊奇的是，球非但没有碎，他的脚也一点儿都不疼。球径直冲着老虎的血盆大口飞去，一切都在按计划进行。砰！足球砸碎了老虎的獠牙，顺着它的喉咙滑了下去。黏土老虎发出一声哽咽，它的身体开始出现裂缝。

“天哪！你做了什么？”胡扎喊道。

黏土片开始从老虎的身上脱落，接着老虎的身体崩塌成许多的土块，足球埋在其中。同时，胡扎全身的盔甲也开始掉落。

随着一声哀号，越来越多的碎片开始掉落，他的身体完全垮掉了，声音越来越弱，不一会儿，胡扎和他的老虎都消失了。

弗兰克盯着地上一堆破碎的黏土。

“你们觉得他完蛋了吗？”查理说。

小麦跑上去闻了闻地上的黏土，说：“我没机会再闻一闻他了。”

“没了魔法，他什么都不是，我们应该是把他消灭了。”

露易丝凝视着远方，说：“但那些该怎么办？”原来，很多城墙已经被胡扎摧毁得不成样子了。

弗兰克的心情十分沮丧。虽然他们击败了胡扎，但是被摧毁的城墙却不能复原，即使胜利了他也高兴不起来。

小麦在废墟中搜寻着，说：“那是什么？”显然，它的鼻子闻到了什么。弗兰克跑上前去看个究竟，发现废墟中发出金光。突然，他意识到了什么，恐惧向他袭来：难道胡扎还会卷土重来？

再仔细一看，原来是魔法足球从废墟中缓缓升起！

它在空中旋转着，光芒四射，如此明亮，弗兰克只能眯起眼睛。

“快看！”露易丝说，“城墙！”

当足球的魔法光芒照耀大地时，长城的残骸慢慢地从地面上升起，成堆的碎片回到墙面上，成为坚固的石头。烽火台再次出现在他们面前，看起来像新修建的一样。

“比以前的好看多了！”查理不禁说道。

沿着墙面，一切还在持续发生着，闪耀的城墙沿着山脊绵延而去。弗兰克和他的朋友们打破了巨龙的诅咒！弗兰克感觉一滴水滴在了他的皮肤上，他向上望去，长城上方的天空是如此完美，万里无云。“奇怪了。”接着又有一滴水滴在了他的皮肤上。突然间大雨倾盆，大家没有任何防备，都被雨水淋透了。

“我们得找个避雨的地方。”他对大家说，“快到烽火台里去！”

他们冲上山头，跑向烽火台：“快点！到烽火台

里去！”

烽火台的底部有一扇门，他推开门冲了进去。

“我们这是在哪里？”查理喘着气问。

弗兰克看了看，发现自己也不知道这是在哪里。原来，他们面前出现了一排排穿着像露易丝那样的衣服的人，正在做拉伸运动。城墙也不是石头的，上面贴着写满了中文的海报。有一只巨大的舞龙模型挂在屋顶上。

“我们回到了中国文化中心！”露易丝说。

弗兰克低头看了看，手中紧紧抓着的是他的包，这跟他们刚刚进来时的情景一模一样。他打开包，看到了自己的魔法足球。

“露易丝，你平时可不会迟到哦。”谭师傅站在讲台上说，“但是很高兴你带来了新学员，要不给全班同学介绍一下？”

弗兰克皱了皱眉头，谭师傅看起来和一开始不太一样。他回头看了看大门，真希望能看到长城的城墙，但是门外是安静的街道。

“抱歉。”露易丝鞠躬说，“我们迟到了一会儿，这是弗兰克、查理、小麦。”

谭师傅看起来并没有很惊讶，特别是小麦甩掉身上的雨水时。他说：“好了，希望你们几个已经做好了学习中国文化的准备。”

弗兰克对他的朋友们偷偷地笑了笑，说：“是的，我们今天已经学到一点点了。”没错，他们遇到了中国巨龙，查理还扑到了历史上最早的足球。

“来吧，开始上课。我们刚刚在做热身。”

弗兰克把背包放在地上，这次魔法足球安全了！他和查理加入了学员的阵营。

“做好守门的准备了吗？”

查理笑了笑，戴上他的守门员手套，跟弗兰克耳语道：“时刻准备着！”

足球就是这样富有魅力的一项运动。在这个星球上，不管你走到哪里，都能看到踢球者的身影。你不需要攒钱购买多么昂贵的装备，不需要租一块专业足球场地，也不需要提前约好一帮要好的朋友，你需要做的只是准备一个可以在地上滚动的足球。一旦足球滚动起来，整个世界都为之旋转。那么，从今天开始，超级弗兰克，也就是你们眼前这位英俊帅气的男孩，将会正式成为你们的足球老师，为你们开讲一期又一期足球大课堂。我的课程一共15期，每

堂课你们都要跟着我学习足球知识和足球技巧。我还会送给你们神秘的小锦囊，这些小锦囊可是超级弗兰克的传家宝，不到关键时刻不能打开偷看哦！什么，等不及了？好啦，弗兰克足球大课堂，现在，开！讲！啦！

FOOTBALL

足球知识

队歌

一首好听的足球队歌，既见证了往日的辉煌，也用音乐诠释了足球这项运动。一首好听的足球队歌，是一支球队的精神核心，也是球迷支持的最佳体现。当音乐响彻球场上空，全场球迷昂首挺胸，慷慨高歌，这一幕怎能不让人动容？足球队歌的每一句歌词都饱含着历史和荣耀、欢欣与泪水，留下一代代球员在此耕耘的足迹。

教练

足球教练，俗称“主帅”，是一支球队的大脑、指挥棒，掌管着整支球队的一切事务。从某种意义上看，教练更像球员的一个长期的伙伴，通过专业的训练来帮助球员提升能力，取得成功。教练会聆听球员的心声，观察球员的状态，在场上场下做出正确的决策。

队长

在一支球队中，必须有一名球员担任队长职责。在球场上，他必须是球队的核心人物，不管在进攻中还是防守时，队长必须有过人的足球能力、强大的心理能力以及整体协调能力。然而，一名队长绝不仅仅是球场上的领袖，在更衣室里，队长也要敢于为队友争取利益；球队出现问题时，能够随时与主教练进行积极有效的沟通。

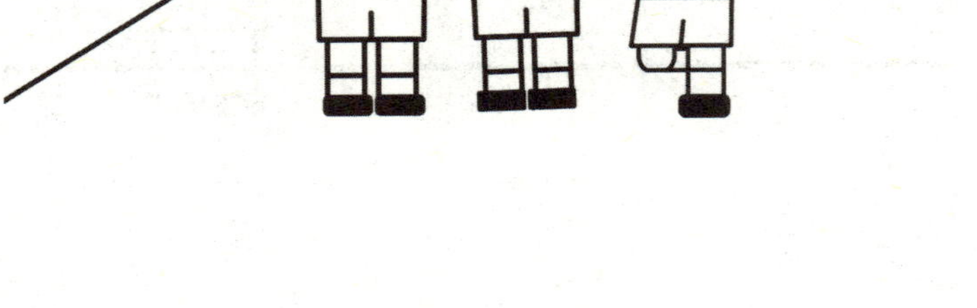

FOOTBALL

足球技巧

单刀球

单刀球通常是指，在对方半场内，本方球员在无对方球员干扰的情况下，直接面对对方守门员的情形。单刀球经常出现在对方传球失误，或者防守反击时。面对对方守门员，本方球员可以选择直接抽射、推射、挑射，或者用速度或假动作过掉对方守门员将球打进。单刀球考验的不只是球员的身体素质，更重要的是心理素质。在面对身高臂长的对方守门员时，本方球员

需要在极短的时间内做出判断，是射门还是过人。下脚一定要坚决，如有一丝犹豫，单刀球很容易被破坏掉。

低平球

低平球是指踢出的足球的一种状态和效果，足球踢出时，贴着草皮急速运行。这种球需要球员控制力量、压准吃球部位、控制小腿摆动幅度等。要想踢出既速度快又安全的低平球，球员需要把触球点控制在球的中部位置，脚背绷直用力平抽，而且身体要有一定的倾斜度。低平球的好处是隐蔽性强，速度快，适合反击推进；缺点是因为高度较低，一旦力量和角度掌握不好，很容易被断球，造成本方丢球。

凌空球

在足球比赛中，足球的运行轨迹基本上是贴着地面的，但是在某些情况下，球员在球未落地时选择凌空传球或射门，往往起到非常好的效果。凌空球要求球员眼疾脚快，在脚触球的一刹那，做出协调反应。凌空射门极具观赏性，凌空传球会令对手出其不意，只有兼具较好的身体素质和技术的球员会选择凌空处理足球。

足球锦囊

古有诸葛亮赐给赵云 3 个锦囊，拯救了刘备。如今，超级弗兰克在足球场上游刃有余的同时，口袋里可塞了不少锦囊妙计。不卖关子了，让超级弗兰克给你抖出 3 个足球锦囊看看，接着！

读书对踢球的帮助

读书很重要，孩子们如果在踢球之余喜欢阅读，那就太完美了。当今社会，越来越多的孩子都放下了书本，转向手机、平板，整天抱着不放，这种现象不容乐观。多读书，读一些知识性强的书，特别是像这套足球小说一样的书，对足球爱好者来说，在足球兴趣的培养和技术的提升方面会有很大的帮助。

听队长安排

在足球场上，队长是一支球队的核心人物。他不但肩负着组织球队进攻和防守的重任，还要对球场上发生的紧急情况做出判断，鼓舞球队士气。作为球员，我们要听从队长的安排，包括场上位置的变化、与队友的协防以及反击中的效率。有的球员脾气比较大，我行我素，对队长不屑一顾，甚至会和队长互骂，这样的球员在球队中会失去队友的信任。

训练的重要性

每场足球赛的前两天到三天内，或者在其他非比赛日，球队会组织教练和球员一起进行体能训练。体能训练一般分为耐力训练、力量训练、平衡训练和韧性训练。这些训练可以保证球员在非比赛日依然能够保持上下肢的良好状态，保持良好的体能和肌肉的柔韧度。我们平时训练不需要像专业运动员那样保持那么大的强度，可以选择慢跑和拉伸运动等训练方式，让自己的身体保持良好的运动状态。

致谢

感谢利特尔 & 布朗图书集团；感谢尼尔·布莱尔、佐伊·金、丹尼尔·特维尔斯以及其他布莱尔合作出版公司的员工；感谢路艾拉·怀特，是她让小说中的人物鲜活起来；特别要感谢迈克尔·福特，感谢他贡献了智慧和耐心；还要感谢我的好朋友斯蒂夫·卡特纳，感谢他在图书以及其他方面所提供的帮助和指导。

游戏规则

1. 洗牌，摸牌。

2. 玩家用自己摸到的卡牌组建球队，每 4 张卡牌组成一支球队；玩家也可自行约定每支球队的卡牌数。

3. 玩家自行决定谁先“开球”（即出第一张牌），后出牌者选出一名队员进行阻截，阻截是否成功取决于双方球员的能力值（力量、技术、体能、速度、斗志）。玩家自行约定比较哪一项数值，数值高者获胜，并继续与对方的下一名球员进行对决。

4. 玩家手中的最后一张卡牌，即为守门员，如用于比较的能力值低于对方的球员，则球进，反之则守门成功。无论球进或不进，第一轮进攻到此结束，由守门员“开球”，开始第二轮进攻（注：每一轮进攻中，每位球员的某项能力值只能使用一次）。

5. 每场比赛有 5 轮进攻，即双方进攻的轮数总和是 5 轮；玩家也可自行约定进攻轮数。

6. 比赛完毕后，记录下每支球队的成员和战绩。

Frankie's Magic Football

球衣8号

兰帕德少年足球小说系列

第一辑

《海盗旋涡的冲力射门》 《角斗战场的地下怒吼》 《骑士城堡的宿命对决》

《法老密道的限时反击》 《牛仔小镇的点射绝杀》